FICHE DE LECTURE

DOCUMENT RÉDIGÉ PAR HADRIEN SERET
MAITRE EN LANGUES ET LITTÉRATURE FRANÇAISES ET ROMANES
(UNIVERSITÉ LIBRE DE BRUXELLES)

Les Misérables

VICTOR HUGO

lePetitLittéraire.fr

Victor Hugo
Poète, dramaturge et romancier français

- **Né en 1802 à Besançon**
- **Décédé en 1885 à Paris**
- **Quelques-unes de ses œuvres :**
  Hernani (1830), pièce de théâtre
  Notre-Dame de Paris (1832), roman
  Les Misérables (1862), roman

Victor Hugo (1802-1885) est souvent considéré comme l'écrivain par excellence du XIXe siècle. Chef de file du courant romantique français, ses prises de position politiques (qui lui vaudront d'être exilé entre 1851 et 1870), ainsi que ses succès littéraires lui confèrent une influence immense en France.

Polygraphe talentueux, Hugo est l'auteur de plusieurs ouvrages devenus aujourd'hui des classiques et répartis entre plusieurs genres, notamment la poésie (par exemple, *Les Châtiments*, 1853, ou *Les Contemplations*, 1856), le théâtre (citons *Cromwell*, 1827, dont la préface pose les principes du romantisme, et *Hernani*, 1830 dont la représentation fit un tel scandale qu'elle tourna à la rixe) et le roman (*Notre-Dame de Paris*, 1832 ; *Les Misérables*, 1862 ; *L'Homme qui rit*, 1869, etc.).

Les Misérables
Une fiction réaliste aux multiples facettes

- **Genre :** roman
- **Édition de référence :** *Les Misérables*, Paris, Gallimard, coll. « Bibliothèque de la Pléiade », 1956, 1808 p.
- **1re édition :** 1862
- **Thématiques :** pauvreté, amour, mort, religion, rédemption, révolte

Les Misérables constituent un roman de cinq tomes publié en 1862. Très dense, la trame de cet ouvrage se centre sur le personnage de Jean Valjean, un ancien forçat condamné aux galères, et sa quête vers la rédemption. Le héros fait de multiples rencontres qui sont autant de prétextes à la description de la misère qui accable le peuple, le tout sur fond de reconstitution historique.

Succès phénoménal à sa sortie, *Les Misérables* s'est imposé aujourd'hui comme l'une des œuvres les plus fécondes et les plus lues de la littérature française.

RÉSUMÉ

TOME I – FANTINE

Après de nombreuses années passées au bagne pour avoir volé un pain et tenté plusieurs fois de s'évader, le forçat Jean Valjean est finalement libéré. Alors qu'il arrive à Digne à la recherche d'un logement pour la nuit, son ancien statut de prisonnier lui ferme toutes les portes sauf celle de Mgr Myriel, l'évêque du village, qui lui offre gite et couvert. Mais Jean Valjean s'enfuit dans la nuit en volant de l'argenterie et deux candélabres. Il est repris par la police et conduit devant l'ecclésiastique. Ce dernier lui pardonne son méfait et l'engage à faire le bien. Après un dernier délit, il suit le conseil de l'évêque.

À Paris vit une jeune femme nommée Fantine. Abandonnée par son compagnon qui l'a mise enceinte, elle ne peut bientôt plus faire face financièrement aux soins que lui demande sa fille, Cosette. Elle se résigne alors à quitter la capitale française pour Montreuil-sur-Mer où elle espère trouver du travail. Se rendant compte que l'enfant sera un frein énorme à son projet, elle décide de la confier aux Thénardier, un couple d'aubergistes louches, qui acceptent de prendre Cosette à leur charge moyennant un paiement mensuel.

Fantine revient dans sa ville natale et constate que tout a bien changé : en effet, un industriel, M. Madeleine, a relancé l'économie de la région. La jeune femme parvient à trouver un emploi pour subvenir à ses besoins et à ceux de sa fille, malgré les hausses de prix régulières pratiquées par les Thénardier pour des motifs fallacieux. Malheureusement, les autres ouvrières, jalouses de Fantine et découvrant qu'elle est fille-mère, parviennent à la faire renvoyer sur un soi-disant ordre de M. Madeleine. Au bord du désespoir, la mère de Cosette finit par se prostituer afin de faire face aux exigences financières toujours plus importantes du couple d'aubergistes.

Un jour, une altercation avec un bourgeois provoque son arrestation par Javert. Malgré ses suppliques, l'inspecteur la condamne à six mois de prison. Mais la sentence est contestée par M. Madeleine, devenu entretemps maire. Devant les insultes de Fantine qui le tient pour responsable de son malheur, il comprend le vilain tour qui lui a été joué et décide de réparer la méprise : il lui promet de payer les dettes qu'elle doit aux Thénardier et de ramener Cosette à Montreuil. Il fait également hospitaliser Fantine dont la santé est déclinante.

En voyant que la jeune femme arrive à régler ses dettes, les Thénardier tentent de lui extorquer davantage d'argent tout en refusant de céder Cosette, devenue une véritable mine d'or. Alors qu'il se résout à aller chercher l'enfant lui-même, le maire est mis au courant par Javert d'une étrange affaire : on a arrêté un certain Champmathieu qui s'avérerait être en réalité le terrible Jean Valjean : le criminel sera jugé le lendemain à Arras. M. Madeleine sait en lui-même que ce n'est pas vrai car il est le véritable Jean Valjean. Après de nombreuses hésitations, il décide de se rendre au procès afin de se livrer et d'éviter une erreur judiciaire.

Étant parvenu à Arras, il annonce lors du jugement sa vraie identité qu'il authentifie à l'aide de détails connus de lui seul. Le prévenu est innocenté et Jean Valjean retourne en trombe à Montreuil au chevet de Fantine, qui est mal en point. Peu après, Javert vient l'arrêter à l'hôpital et révèle à la jeune femme la véritable nature de M. Madeleine. Comprenant qu'elle ne reverra jamais Cosette, Fantine meurt de chagrin.

Emprisonné, Jean Valjean s'évade, puis ayant repris tous ses avoirs financiers et quelques effets personnels, il s'enfuit grâce à un mensonge de sa servante.

TOME II – COSETTE

Après être passé par Waterloo (une occasion pour l'auteur de se remémorer la célèbre bataille) et avoir longuement erré, Jean Valjean est repris. Alors qu'il s'apprête à monter sur *L'Orion*, la galère où il a été condamné à ramer, il est autorisé par son surveillant à sauver un marin du navire en danger de mort. S'il y parvient, il tombe néanmoins dans la mer et ne reparait plus : on le considère alors comme mort.

Cela fait désormais cinq ans que Cosette est à la solde des fourbes Thénardier. Maltraitée par ces derniers, elle s'acquitte des tâches les plus pénibles de l'auberge. Un jour, alors que la nuit tombe, elle est envoyée par ses bourreaux à la rivière pour puiser de l'eau. Transie de peur, elle parvient néanmoins à accomplir sa corvée. Alors qu'elle peine à rentrer à l'auberge, un homme l'aide à porter son fardeau et l'amène à bon port : c'est un voyageur à la recherche d'un abri. Arrivé à la taverne, ce dernier empêche les Thénardier de maltraiter Cosette et, mieux encore, comble la fillette de présents, au grand dam des aubergistes. Le lendemain, le voyageur négocie la libération de Cosette contre paiement. Ainsi, la fille de Fantine quitte l'établissement avec son mystérieux bienfaiteur qui n'est autre que Jean Valjean.

Tous deux arrivent à Paris. Jean Valjean loue une chambre dans une vielle bâtisse, la masure Gorbeau, afin de s'y cacher avec Cosette. Ils y mènent une vie simple et paisible. Très vite, l'ancien prisonnier se fait une réputation de généreux donateur. Une miséricorde qui interpelle, surtout lorsqu'il demande régulièrement à sa concierge de lui changer des billets de mille francs, signe d'une richesse qui contraste avec son aspect misérable. Ce mystère arrive aux oreilles de l'inspecteur Javert qui décide de mener sa petite enquête. Conscient d'être surveillé, Valjean décide de fuir. Mais il est piégé par le policier qui, par une habile réflexion, a compris à qui il avait affaire. Après une course-poursuite dans les rues de la capitale, le bagnard et la fillette parviennent à lui échapper en atterrissant dans le jardin du couvent Picpus.

Dans ce lieu, Valjean est reconnu en tant que M. Madeleine par Fauchelevent, un ancien commerçant devenu jardinier auquel le maire avait jadis sauvé la vie. Ce dernier accepte d'aider le bagnard et sa fille : il pourra les faire entrer au couvent en les faisant passer pour son frère et sa fille. Le problème, c'est que les deux nouveaux venus doivent franchir symboliquement la porte du couvent pour y être acceptés. Si faire sortir Cosette du cloitre ne sera pas compliqué, ce sera en revanche beaucoup plus difficile pour Jean Valjean. Heureusement, le décès d'une sœur qu'on veut enterrer illégalement sous l'autel facilite les choses : le forçat prendra sa place dans le cercueil qui sortira officiellement du couvent. Fauchelevent étant ami avec le fossoyeur du cimetière, il s'arrangera pour faire sortir l'ancien bagnard avant de reboucher la fosse.

Tout se passe comme prévu malgré un contretemps. Après avoir repris Cosette, logée non loin de là, Jean Valjean et elle entrent au couvent où ils mènent une existence passible.

TOME III – MARIUS

Gavroche, un gamin misérable errant dans les rues de Paris, rend visite à ses parents, les Jondrette, qui habitent la masure Gorbeau. À côté de la chambre qu'ils occupent vit un jeune homme pauvre dénommé Marius. Ce dernier est le fils du colonel Pontmercy, un ancien soldat de Napoléon sauvé par hasard à la bataille de Waterloo par Thénardier, qui tentait de le détrousser.

Déchu de tous ses titres à la chute de l'Empire, le colonel Pontmercy épouse la fille du riche bourgeois Gillenormand qui meurt en donnant la vie à Marius. Grâce à une menace de déshéritement, M. Gillenormand s'accapare l'enfant tout en interdisant au père d'essayer de le voir. L'ancien colonel transgresse cependant souvent cette règle en allant observer quelques secondes son fils sur le chemin de l'église. Se rendant peu après dans le bâtiment sacré, il confie son destin tragique au père Mabeuf.

Un jour, Marius reçoit une lettre de son père lui indiquant qu'il est mourant et qu'il voudrait le revoir une dernière fois. Gillenormand consent à cette visite, mais Marius arrive trop tard. Peu après, lors d'une messe, ce dernier apprend la vérité sur son père de la bouche du père Mabeuf. C'est un choc pour le jeune homme qui, après de nombreuses recherches, découvre la nature de son géniteur. Il décide de l'adorer, se fait désormais appeler Marius de Pontmercy et cherche aussi la trace du sauveur de son père, un certain Thénardier. Lorsque son grand-père apprend cela, une dispute éclate au terme de laquelle le jeune homme quitte la maison familiale.

Marius débarque alors à Paris sans le sou. Très vite, il se lie d'amitié avec les membres des Amis de l'ABC, un groupuscule prorépublicain. Trois ans plus tard, sa situation financière se stabilise : il occupe une chambre de la masure Gorbeau et parvient à vivre convenablement malgré ses petits moyens. Il rend souvent visite au père Mabeuf qui habite non loin de là et profite de son temps libre pour se balader dans les Jardins du Luxembourg.

Dans ce parc, le jeune homme rencontre une jeune fille accompagnée d'un vieil homme qu'il croit être son père. Il les nomme M. Leblanc et Mlle Lenoir. Tombant éperdument amoureux de cette étrange promeneuse, Marius se rend tous les jours aux Jardins afin de l'apercevoir. Puis, un jour, le couple espace ses visites jusqu'à ne plus venir du tout, ce qui afflige énormément le fils de Pontmercy. Il tente en vain d'obtenir leur adresse.

Quelques semaines plus tard, Marius observe ses voisins, les Jondrette, à travers une cloison de fortune et ne peut que constater leur extrême pauvreté. Il s'aperçoit que ceux-ci reçoivent la visite de bienfaiteurs dans lesquels il reconnait la fille et l'homme âgé des Jardins du Luxembourg. Ces derniers promettent à la famille de revenir à 6 heures pour leur donner de l'argent. Alors que le couple quitte la chambre, Marius entend que Jondrette a l'intention de piéger M. Leblanc à son retour afin de le dépouiller de ses biens. Effrayé, le jeune homme va se confier à Javert et, ensemble, ils montent un plan : Marius sera muni de deux pistolets et observera la scène depuis sa cachette. Lorsque les choses tourneront mal, il devra faire feu : à ce signal, l'inspecteur et ses hommes interviendront.

Plus tard, alors que M. Leblanc pénètre dans la chambre des Jondrette, il est accueilli par le maitre des lieux accompagné d'un groupe de bandits. Très vite, malgré une résistance surprenante, il se retrouve ligoté. Jondrette révèle alors sa véritable identité : il s'agit de Thénardier. Il exige de M. Leblanc, comme réparation à un vol d'enfant commis huit ans plus tôt, deux-cent-mille francs. Pour s'assurer sa docilité, Thénardier le force à lui communiquer son adresse afin que les bandits puissent prendre sa fille en otage. Mais l'adresse est fausse. Voulant se venger, il est surpris par le vieil homme qui a mis à profit le laps de temps écoulé pour se libérer partiellement. Il se rend ensuite à ses bourreaux qui ne peuvent l'achever car Javert intervient. Tout le monde est arrêté et emprisonné sauf M. Leblanc, qui n'est autre que Valjean et a profité du tumulte pour s'enfuir.

TOME IV – L'IDYLLE DE LA RUE PLUMET

Jean Valjean, connu désormais sous le nom d'Ultime Fauchelevent, a quitté le couvent pour s'installer rue Plumet avec Cosette et une servante. Il a également acheté deux autres appartements où il séjourne en alternance pour éviter d'éveiller les soupçons sur sa personne.

Cosette est devenue une fille ravissante, et est très heureuse de demeurer auprès de celui qu'elle considère comme son père.

Marius, quant à lui, est encore bouleversé par les évènements de la veille et l'arrestation de cet homme qu'il a tant cherché : Thénardier. Il quitte la masure Gorbeau. Dans la rue, le peuple gronde à cause des mesures prises par le roi Louis-Philippe et commence à se préparer pour une éventuelle révolution.

Un jour, Éponine, une des filles de Thénardier, vient trouver Marius en lui disant qu'elle a retrouvé l'adresse de Mlle Lenoir. Le jeune homme s'y rend et dépose une lettre à l'attention de Cosette. Cette dernière a beaucoup évolué : consciente de sa beauté, elle prend gout à s'afficher dans les rues de Paris, au grand dam de Jean Valjean qui a l'impression que sa fille se détache de lui. En outre, il se méfie grandement de Marius.

Peu après, Cosette découvre la lettre du fils de Pontmercy. Leurs sentiments étant réciproques, ils parviennent à se voir de nuit dans le jardin de la maison. Une idylle nait. Le temps passant, Marius compte demander la main de sa fille à M. Leblanc, mais il sait qu'il ne pourra y arriver sans la bénédiction et la fortune de M. Gillenormand. Malheureusement, si ce dernier est heureux de revoir son petit-fils, il refuse de l'aider à obtenir un mariage. Dégouté, Marius rentre chez lui pour apprendre que Cosette va partir en Angleterre sous l'impulsion de Jean Valjean, qui a remarqué l'attirance réciproque des deux tourtereaux. Il écrit alors une ultime missive à sa bien-aimée dans laquelle il annonce qu'il mourra puisqu'il ne peut plus la revoir.

Pendant ce temps, Gavroche, après avoir appris l'arrestation de sa famille, erre dans la rue en cherchant de la nourriture. Sa situation précaire ne l'empêche pourtant pas de recueillir deux bambins jetés sur les routes et de les prendre sous son aile. Afin de pouvoir subvenir à leurs besoins, Gavroche aide un ami bandit à faire évader Thénardier.

Plus tard, une émeute éclate et une barricade est mise en place. Très vite, Gavroche, le père Mabeuf et Marius rejoignent les Amis de l'ABC dans leur lutte. Les combats font rage entre la police et les révolutionnaires. Éponine meurt en protégeant Marius qu'elle aimait secrètement. Javert, qui s'était infiltré parmi les contestataires pour les espionner, est arrêté et ligoté. Le père Mabeuf est tué.

Jean Valjean a reçu la dernière lettre de Marius et comprend qu'il ne pourra rien faire contre son amour pour Cosette. Il décide alors de se rendre aux barricades et de sauver le jeune homme.

TOME V – JEAN VALJEAN

Malgré la virulence des canons, la barricade tient encore bon, mais le temps est désormais compté : les révolutionnaires subissent de lourdes pertes, Gavroche est tué sous une pluie de balles et les Amis de l'ABC succombent les uns après les autres.

À cause de ses prouesses, Jean Valjean obtient le droit d'exécuter Javert. Il l'emmène à l'écart mais ne l'achève pas et le libère, tout en tirant un coup de feu en l'air pour qu'on croie le policier mort. Revenant sur le champ de bataille, il voit Marius qui s'évanouit, touché par une balle. Il profite de la confusion générale pour s'emparer du corps et s'enfuir dans les égouts de Paris. Quant à la barricade, elle a définitivement cédé et ses instigateurs sont fusillés.

Après une progression éreintante dans le sous-sol de la capitale, Jean Valjean parvient à sortir des égouts avec l'aide de Thénardier qui ne l'a pas reconnu. Mais il se trouve ensuite nez à nez avec Javert qui s'empare de lui. Se croyant prisonnier pour de bon, il obtient la faveur de ramener Marius chez les Gillenormand afin qu'il soit soigné. Cependant, une fois cela fait, l'inspecteur se volatilise et Valjean est libre. Plus tard, pris de remords pour cet acte, le policier se suicide.

Six mois passent. Marius se rétablit et cherche en vain la mystérieuse personne qui l'a sauvé dans les barricades. Entretemps, M. Gillenormand, rempli de joie par le retour de son petit-fils, accorde sa bénédiction pour l'union de Marius et Cosette. « M. Leblanc » fait de même et offre au couple toute la richesse accumulée du temps où il était « M. Madeleine » et qu'il avait conservée soigneusement. Le mariage est célébré en grande pompe. Mais Jean Valjean ne peut participer à l'allégresse générale car il a le sentiment d'avoir perdu Cosette pour toujours. Cette dernière s'intéresse en effet de moins en moins à lui malgré leurs entrevues régulières.

Pour éviter à Marius d'avoir des problèmes, Jean Valjean lui révèle sa véritable identité et son statut d'ancien forçat. Abasourdi, le fils de Pontmercy le chasse de la demeure. Le bagnard s'enferme dans la sienne et commence à dépérir.

Peu après, Thénardier se présente chez Marius, étant porteur d'une information de la plus grande importance : Jean Valjean est un ancien forçat et un meurtrier. Si le jeune homme est au courant de la première partie de la sentence, la seconde le laisse plus perplexe. Pour appuyer ses propos, Thénardier lui montre un bout d'étoffe arraché à la victime du bagnard. Mais Marius reconnait le morceau manquant à la veste qu'il portait le jour de la barricade : il comprend dès lors que son sauveur n'est autre que Jean Valjean.

Ayant chassé Thénardier, il se rend avec Cosette au domicile de celui qui fut M. Madeleine. Cependant ce dernier est déjà à l'agonie. Après avoir fait la lumière sur les derniers mystères en suspens et pardonné le couple, Jean Valjean s'éteint.

ÉTUDE DES PERSONNAGES

Comme le titre l'indique, *Les Misérables* dresse le portrait de différents personnages qui ont tous en commun d'être frappés par la misère, qu'elle soit matérielle ou psychologique. Cependant, en analysant de plus près le destin des différents protagonistes principaux, on peut les classer en trois catégories.

LES PERSONNAGES QUI PARVIENNENT À SORTIR DE LA MISÈRE

Jean Valjean (alias M. Madeleine et M. Leblanc)

Ancien prisonnier condamné aux galères, Jean Valjean se pose d'emblée comme le fil rouge qui réunit les différents tomes des *Misérables*. Ce personnage, omniprésent dans l'intrigue, est le père adoptif de Cosette. Il entretient également des relations d'inimitié avec Thénardier et Javert.

Fils de paysans, enfant, Jean Valjean est contraint de voler un pain afin de nourrir sa fratrie. Pour cet acte, il est condamné et incarcéré pendant un peu moins de vingt ans. Bourru et sérieux à l'origine, il devient complètement impassible au terme de deux décennies d'enfermement.

Sorti de prison, il commet encore quelques méfaits. Mais sa rencontre avec l'évêque de Digne arrive à lui faire prendre conscience de la transformation que la misère a opérée sur lui : il s'engage désormais à faire le bien. Une longue opération de rédemption jalonnée de sacrifices commence alors pour l'ancien bagnard.

En effet, Jean Valjean devient M. Madeleine, un industriel discret et taciturne qui combat la pauvreté en relançant l'emploi et en créant de nombreuses institutions d'utilité publique (par exemple des hôpitaux). Il redistribue une grande partie de ses richesses en aumône ou en œuvres de charité. Une manifestation de cette lutte contre l'indigence est la prise sous sa protection de Fantine dont il promet d'améliorer le sort en payant ses dettes et en rapatriant sa fille Cosette.

Cependant, malgré la bonté de sa nouvelle identité, le passé de galérien de Jean Valjean le rattrape vite. Mais contrairement à avant, il décide d'assumer ce qu'il est et de se sacrifier : on le voit ainsi renoncer à sa tranquillité pour éviter un procès injuste à un innocent. Arrêté peu après par l'inspecteur Javert, il insiste impuissant à la mort de Fantine qui a perdu l'espoir qu'elle avait placé en lui.

Profondément choqué par ce décès, Jean Valjean met en œuvre ses talents de forçat pour servir sa cause : il s'échappe, retrouve Cosette et parvient à l'arracher aux Thénardier. Ils se réfugient dans un couvent où le héros développe une grande tendresse pour cette gamine qui le considère comme un père et qui illumine sa vie. Cette affection devient sa raison de vivre et il s'accapare peu à peu l'attention de Cosette de manière exclusive. Il n'en oublie néanmoins pas ses principes de charité et continue d'utiliser sa richesse restante pour aider les pauvres.

Lorsque Marius fait irruption dans la vie de Cosette, Jean Valjean éprouve de la jalousie (sentiment inconnu pour lui jusqu'à alors) et de la crainte à l'idée de perdre sa fille. Il essaie d'éloigner le jeune homme de sa source de bonheur, mais il comprend qu'il perdra Cosette en faisant cela : il décide de se sacrifier à nouveau.

Il se rend alors à la barricade et sauve Marius en s'enfuyant par les égouts. Ensuite, il célèbre amèrement la noce du couple : dans son cœur, il a le sentiment d'avoir perdu Cosette pour toujours. Cette impression se confirme avec le désintérêt de la fille de Fantine pour sa personne et son expulsion par Marius lorsqu'il lui révèle sa véritable identité. Détruit par son passé et mesurant avec horreur le prix élevé de son sacrifice (la disparition de ce qui faisait sa joie), sa foi vacille et il dépérit.

Lorsque Marius et Cosette arrivent en trombe dans sa chambre, il agonise. Mais il pardonne au couple ses fautes et, ayant retrouvé son bonheur et accompli son repentir, il meurt en paix.

Cosette (alias Euphrasie et Mlle Lenoir)

Cosette, de son vrai nom Euphrasie, est l'enfant de Fantine et, par la suite, la fille adoptive de Jean Valjean. Elle est parfois surnommée « l'alouette » à cause de l'aspect farouche et chétif qu'elle possédait lors de son séjour chez les Thénardier.

Pour ce personnage, la misère commence dès la naissance : elle est en effet le fruit (non désiré) d'une brève union. Très vite orpheline de père, Cosette connait un début de vie difficile : sa mère ne pouvant subvenir à ses besoins, elle la confie aux Thénardier avec l'espoir que le couple d'aubergistes s'occupera bien de sa fille jusqu'à ce que sa situation lui permette de reprendre son enfant à sa charge.

Malheureusement, cette nouvelle famille la maltraite, la méprise, l'humilie (elle est vêtue de haillons, mange avec les chiens, vit et dort sous une table) et lui fait effectuer les tâches les plus pénibles. Cosette, qui ne comprend pas l'origine de cette méchanceté dont elle est victime, se contente de s'accommoder à ses dures conditions de vie et d'obéir aux moindres ordres de ses bourreaux.

Son calvaire prend fin lorsque Jean Valjean l'arrache aux Thénardier et fuit avec elle jusqu'au couvent Picpus. Là, durant quelques années, elle jouit d'une existence tranquille, se forgeant une éducation auprès des sœurs et s'épanouissant auprès de son sauveur.

Lorsqu' elle quitte le cloitre pour la vie parisienne, Cosette adopte une attitude réservée et se met entièrement au service de Jean Valjean, préférant sa compagnie au monde extérieur. Cependant, elle se rend vite compte de sa beauté et tombe amoureuse de Marius de Pontmercy. Cette découverte de l'amour l'amène à adopter des habitudes plus coquettes et à prendre petit à petit son indépendance vis-à-vis de son père adoptif, qui tente à tout prix de la reprendre sous son giron. Si l'idylle se concrétise finalement, elle est source de souffrances pour Cosette, tiraillée entre son affection pour Jean Valjean et sa passion pour Marius.

Une fois mariée, elle s'éloigne définitivement de ce père adoptif qui devient gênant à ses yeux. Elle est désormais emplie de naïveté amoureuse (à l'instar de sa mère), son gout du luxe augmente proportionnellement à sa richesse et elle n'a plus d'yeux désormais que pour son époux.

Lorsqu'elle reprend conscience de tout ce que Jean Valjean a fait pour la sortir de la misère, il est trop tard : ce dernier décède après lui avoir accordé son pardon.

Marius Pontmercy

Fils de l'ancien colonel Pontmercy, Marius est le petit-fils du bourgeois Gillenormand et le mari de Cosette. Il est également lié au groupe des Amis de l'ABC.

Arraché à son père sous la menace d'un déshéritement, le petit Marius est élevé par son grand-père et tout entier investi des convictions royalistes de son mentor. La découverte des exploits militaires de son géniteur le fait passer à ses yeux d'inconnu à objet de culte. Il devient bonapartiste et se jure de retrouver Thénardier, l'homme qui a sauvé son père à la bataille de Waterloo. Peu après, une violente dispute politique avec Gillenormand le pousse à quitter la maison du bourgeois. Marius passe donc du jour au lendemain du confort à la précarité.

Réfugié à Paris, le jeune homme fait la connaissance des Amis de l'ABC dont l'aide va lui permettre de s'installer durablement dans la capitale. Après trois années de misère où il fait preuve d'une véritable volonté de s'en sortir seul (il refuse l'argent que lui envoie son grand-père), il parvient à occuper une chambre de la masure Gorbeau. Cependant, son coup de foudre pour Cosette dans les Jardins du Luxembourg l'étourdit à un tel point qu'il retombe rapidement dans la précarité car il ne travaille plus. En outre, sa générosité naturelle est considérablement ébranlée par sa découverte inattendue de Thénardier lors de l'agression de Jean Valjean.

Son humeur assombrie s'éclaircit grâce à la relation qu'il parvient à nouer avec Cosette. Pourtant ce bonheur est de courte durée : il n'arrive pas à réunir les fonds nécessaires auprès de M. Gillenormand pour espérer épouser sa bien-aimée et Jean Valjean tente d'éloigner cette dernière de lui. Ces deux nouvelles font surgir un nouveau sentiment chez lui : le désespoir. Ainsi, c'est avec la volonté de mourir qu'il vient soutenir les Amis de l'ABC à la barricade. Blessé et étourdi, il est finalement secouru par le bagnard.

Peu après, la célébration de son mariage et la richesse qui lui est octroyée par la dot de Cosette lui font retrouver son caractère habituel. Sa nouvelle situation le fait néanmoins tomber dans les excès de ceux qui jugent les misérables : en apprenant la vie de Jean Valjean, il le chasse de sa demeure. Il faudra une entrevue avec Thénardier pour lui faire comprendre l'injustice de son acte. Il sera cependant pardonné par l'ancien prisonnier avant que ce dernier ne meure.

LES PERSONNAGES QUI S'ACCOMODENT DE LA MISÈRE ET L'UTILISENT POUR LEUR PROPRE PROFIT

Thénardier (alias Jondrette)

Aubergiste rusé et sournois, doté d'une tendance à la méchanceté et à la recherche du profit, Thénardier est l'ennemi de Jean Valjean, auquel il regrette d'avoir cédé Cosette. Il est également le père d'Éponine, Azelma, Gavroche et des deux jeunes garçons que ce dernier recueille.

Avant d'avoir fait ses études d'hôtellerie et s'être marié, Thénardier était un maraudeur qui vivait surtout de vols pour pouvoir survivre. C'est en détroussant les cadavres du champ de bataille de Waterloo qu'il sauve la vie du père de Marius. Il se servira de ce fait pour établir son cabaret à Montfermeil où il recueillera et exploitera Cosette. Mais bien que son but ultime soit de devenir riche, les affaires vont mal, et sa famille vit dans la misère et le cercle vicieux des dettes. Cela oblige Thénardier à recourir à toutes sortes d'astuces afin de se sortir la tête hors de l'eau, que ce soit de manière légale ou non (mentionnons par exemple sa pratique de prix prohibitifs, l'extorsion de fonds etc.).

En faillite, Thénardier et sa famille s'installent à Paris dans la masure Gorbeau sous le nom de Jondrette. Là, il use et abuse de sa pauvreté et de nombreuses identités afin de tromper et voler ses bienfaiteurs. Il entretient également des relations avec un groupe de bandits qui l'assistera lors de l'agression de Jean Valjean. Malheureusement, cette dernière tourne mal pour lui et il est emprisonné.

Rapidement libéré par ses compagnons voleurs, Thénardier plonge à nouveau dans diverses affaires louches pour assurer sa subsistance : c'est ainsi qu'on le voit libérer Jean Valjean des égouts alors qu'il pense juste aider un meurtrier. Lorsqu'il se rend compte de son erreur, il tente d'en tirer profit en faisant chanter Marius. Mais ce dernier, outré, le chasse et lui paie un aller simple pour l'Amérique où il s'établira en tant que négrier.

Gavroche

Gavroche Thénardier est le troisième enfant du couple Thénardier. Il a été très tôt chassé de la masure Gorbeau par ses parents qui ne voulaient plus de lui. Avec le temps, il a tissé des liens d'amitié avec le groupe de bandits que fréquentera plus tard son père.

Ce personnage est l'occasion pour Victor Hugo de dépeindre le type du gamin des rues de Paris, autrement dit un garçon roublard, rusé, jouant souvent des mauvais tours aux bourgeois pour s'amuser et dont la particularité est de parler le langage populaire de l'époque : l'argot.

Jeté à la rue, Gavroche survit dans cet univers hostile grâce à sa connaissance parfaite des routes de la capitale, son agilité et un grand sens de la répartie. Constamment misérable et sans le sou, il préfère néanmoins ce mode de vie aux autres car il lui offre une totale liberté.

Ses conditions de vie précaires ne l'empêchent néanmoins pas d'être généreux avec les autres miséreux qu'il rencontre : on le voit ainsi donner une bourse volée au père Mabeuf alors en proie à de graves soucis financiers ou encore protéger deux bambins sans logement.

Attiré par les troubles naissants dans Paris, il se joint bientôt aux défenseurs de la barricade où ses railleries et son enthousiasme lui valent rapidement le respect de tous malgré son jeune âge. Mais alors qu'il collecte des cartouches sur les soldats morts, la protection que lui fournissait le brouillard disparait et, découvert, il meurt criblé de balles.

LES PERSONNAGES QUE LA MISÈRE A DÉTRUITS

Fantine

Dans *Les Misérables*, Fantine occupe une place importante en tant que mère de Cosette. Hugo la dépeint au départ comme une jeune fille très belle mais discrète et terriblement naïve.

Abandonnée par son compagnon Tholomyès, elle se retrouve vite dans une situation précaire, aussi bien financièrement (elle doit trouver des fonds afin de pourvoir aux besoins de sa fille) que psychologiquement (elle est durement marquée par la honte d'avoir accouché d'un enfant en n'étant pas mariée). La difficulté de sa situation la pousse à céder son enfant aux Thénardier avec l'espoir qu'ils la traitent bien à l'aide de la somme qu'elle leur alloue.

Arrivée dans sa ville natale de Montreuil-sur-Mer, elle connait une courte période de félicité en travaillant dans l'entreprise de M. Madeleine. Mais la jalousie des autres ouvrières conjuguée à son passé qui la rattrape provoque injustement son renvoi. Privée de sa source de revenu, Fantine sombre à nouveau dans la misère, une pauvreté qui va la marquer à la fois de manière physique (pour payer les traites des Thénardier, elle vend ses cheveux ainsi que deux dents) et morale (elle va jusqu'à s'abaisser à la prostitution pour payer ses charges). Tous ses sacrifices sont tournés vers un seul but : reprendre un jour Cosette aux aubergistes.

C'est d'ailleurs cet espoir qui la maintient en vie à l'hôpital de M. Madeleine, et ce malgré la gravité de son état de santé. Une aspiration qui, malgré tous les efforts du maire, ne sera pas rencontrée. Et lorsque Javert le lui signifie, elle meurt, ayant perdu la seule chose qui donnait un sens à son existence.

Javert

Javert occupe le rôle d'inspecteur dans la trame des *Misérables*. Né de parents incarcérés, il tire son engagement dans la police de sa volonté de se distinguer du destin des deux misérables qui lui ont donné la vie. En tant que gardien de la paix, il est l'ennemi de Jean Valjean dont il a croisé plusieurs fois la route, ainsi que de Thénardier dont il suit régulièrement la piste.

Comme pour séparer davantage son caractère de celui de ses géniteurs, Javert est animé par un respect total de l'honnêteté et une adoration sans limite de la loi qu'il applique dans son sens le plus strict. C'est ainsi qu'il n'hésite pas à condamner Fantine à six mois de prison malgré ses circonstances atténuantes simplement parce qu'elle a « attenté un bourgeois » (*Fantine*, p. 224). En outre, lorsqu'il agit dans l'exercice de ses fonctions, il est persuadé d'avoir le droit tout-puissant à ses côtés. C'est pourquoi il n'éprouve aucune crainte lorsque les défenseurs de la barricade menacent de le tuer : il sait que cela fait partie des aléas d'une mission et qu'il est du bon côté de la balance.

Ce zèle viscéralement attaché au personnage ne connait qu'une seule exception : au moment où il libère Jean Valjean après l'avoir capturé à la sortie des égouts. Cet acte est une sorte de remerciement envers le bagnard qui l'a épargné au lieu de le tuer lors du siège de la barricade. Cependant, cette incartade à son culte de la loi laissera des traces : Javert sera ainsi persuadé d'être devenu aussi misérable que ses parents et tous les criminels qu'il a côtoyés. Ce sentiment insupportable le poussera à mettre fin à ses jours.

CLÉS DE LECTURE

LA SITUATION POLITIQUE EN FRANCE DE 1789 AUX *MISÉRABLES*

Les Misérables est un roman profondément imprégné de la situation politique française du XIXe siècle et des nombreux changements de régime. En situant la trame de l'ouvrage entre 1795 et 1833, Victor Hugo y distille de nombreuses références ou allusions historiques. Un petit récapitulatif s'impose donc, afin d'en saisir le sens.

1789-1792 : la Révolution française et la Première République

Lassé des inégalités du système de l'Ancien Régime, le peuple français se révolte contre le roi Louis XVI. Commence alors une révolution qui trouvera son accomplissement dans la prise de la Bastille, le 14 Juillet 1789. Après une période de gestation pendant laquelle le pays est dirigé par une assemblée législative, la République est proclamée et son destin est pris en charge par un nouvel organisme : la Convention.

1793-1794 : la Terreur

Menacée d'invasion prussienne et d'un manque de ravitaillement pour le peuple, la France va mal. Pour résoudre ces problèmes, la Convention met en place un comité exécutif dont la direction est confiée à Robespierre. Ce dernier établit des institutions révolutionnaires et profite de son autorité pour condamner à mort ses adversaires politiques, les ennemis du peuple et de l'État, ainsi que de simples suspects. Cette période de terreur est néanmoins abolie par l'arrestation et l'exécution de Robespierre.

1795-1799 : anarchie et coup d'État de Napoléon

À la suite de la Terreur, on essaie d'installer d'autres institutions pour gouverner le pays. Mais ces dernières se montrent inefficaces et la France est en proie à de nombreux conflits. Pour mettre fin à cette situation explosive, un jeune général français, Napoléon Bonaparte, fomente un coup d'État et prend le contrôle de la France : c'est le début de l'Empire.

1799-1815 : l'Empire napoléonien

Nommé d'abord en tant que premier consul, Napoléon obtient peu à peu les pleins pouvoirs, ce qui le pousse à créer un Empire qu'il se met à diriger. Ambitieux, il imagine un vaste programme de conquêtes : l'Espagne, la Hollande, ainsi qu'une partie de l'Allemagne tombent bientôt sous sa coupe. Seule l'Angleterre reste invaincue.

S'étant mis en tête d'envahir la Russie, Napoléon subit un terrible revers (la Bérézina) et doit battre en retraite. Peu après, il est battu par ses anciens alliés germaniques et les Anglais à Fontainebleau. Il est arrêté, déporté et emprisonné à l'ile d'Elbe. Un an plus tard, il s'évade et, avec l'aide de vétérans, tente de reprendre le pouvoir. Cette entreprise durera cent jours, avant la défaite complète de Napoléon à Waterloo en 1815.

1815-1848 : le retour de la royauté (Restauration) et la monarchie de Juillet

La chute de l'Empire provoque le retour du Louis XVIII, le frère de Louis XVI, sur le trône. En 1830, Louis-Philippe d'Orléans, qui appartient à une autre branche de la dynastie, lui succède et son arrivée instaure la monarchie de Juillet. Mais la prise de mesures contestées le rend vite impopulaire et son règne sera jalonné de révoltes de plus au moins grande ampleur (notamment en 1832).

En 1848, le peuple se soulève une nouvelle fois : la royauté est à nouveau abolie et la Deuxième République est instaurée. Louis-Napoléon Bonaparte est élu à sa tête, mais bien vite, les ambitions du neveu de Napoléon Ier vont le pousser à vouloir ériger son propre empire.

UNE VISION HUGOLIENNE DE L'HISTOIRE

Les Misérables prennent donc place dans un laps de temps bien précis. Pour rafraichir la mémoire de ses lecteurs, Hugo s'autorise quelquefois des digressions historiques pour mettre l'accent sur des évènements qu'il juge capitaux. Cette mise en évidence de certains pans de l'histoire n'est pas anodine : non objective, elle est surtout l'occasion pour l'écrivain de livrer son sentiment personnel sur les faits qui ont eu lieu. Ainsi, l'auteur épingle notamment :

- la bataille de Waterloo, un évènement dont il considère qu'il a changé la face du monde. En effet, le congrès de Vienne qui suit cette défaite redessine complètement la carte d'Europe (la France doit faire de nombreuses concessions territoriales), ainsi que le rapport de forces entre les différentes nations. Cependant, la description que l'auteur donne de ce conflit, bien que très documentée, penche très fort du côté français : il exagère les différentes actions de l'armée bonapartiste et loue Napoléon qui n'a selon lui été arrêté dans son entreprise que par la volonté de Dieu ;
- le règne de Louis-Philippe d'Orléans. Pour introduire le climat de rébellion qui aboutira à la scène de la barricade, Hugo se permet un long développement sur les conséquences de la Restauration et de l'avènement de Louis-Philippe d'Orléans. Encore une fois, l'auteur nous offre une vision subjective de la réalité historique : il atténue et justifie les erreurs du nouveau régime, et offre une description extrêmement positive du monarque. Cette tendance n'est pas étonnante lorsque l'on sait que l'écrivain était un proche du roi qui l'avait nommé pair de France ;
- les émeutes de 1832. Consécutives aux mesures répressives prises par la monarchie de Juillet, des émeutes éclatent dès 1832. Reprenant un évènement dont il a été lui-même témoin (en l'occurrence le siège d'une barricade), Hugo tente de démontrer en quoi les révoltes de 1848 ont été plus efficaces que celles de cette époque.

QUELQUES THÈMES DES *MISÉRABLES*

L'amour

Pilier fondamental du roman, l'amour prend différentes formes. En effet, Hugo décline différents types d'affections qui se terminent pour la plupart de manière tragique :

- l'amour sincère, symbolisé par le couple Marius-Cosette. C'est la seule forme de bonheur qui triomphe dans *Les Misérables* ;
- l'amour parental, qui trouve une illustration dans les relations entre Fantine et Cosette, Cosette et Jean Valjean. Ce type de tendresse – par définition platonique – se mue le plus souvent en sacrifice fatal : ainsi, Jean Valjean dépérira pour permettre à sa fille adoptive de vivre son idylle. Fantine, quant à elle, se tuera à la tâche pour un enfant qu'elle ne reverra jamais et dont la perte provoquera sa mort définitive ;
- l'amour impossible représenté par le duo Éponine-Marius. Cet amour est également teinté d'un sacrifice tragique puisque c'est la fille de Thénardier, éperdument amoureuse du jeune homme, qui jette ce dernier dans les bras de Cosette et qui le sauve en prenant un coup de feu à sa place.

La mort

Autre caractéristique des *Misérables*, les nombreux décès qui parsèment son intrigue. Ceux-ci sont souvent la conséquence du statut indigent des personnages, et ce indépendamment du type de fin proposé par Hugo :

- la mort épique, qui concerne toutes les victimes de la barricade (Enjolras, Gavroche, Mabeuf, etc.), considérées comme des moins que rien car opposées à la société française ;
- la mort misérable, qui marque souvent le bout du chemin de ceux qui ont vécu toute leur existence dans la misère et est souvent le résultat d'un sacrifice (Fantine et Jean Valjean) ;
- le suicide, qui ne concerne que le personnage de Javert et constitue pour Hugo une sorte de folie (pensons au titre « Javert déraillé »), même s'il justifie longuement cet acte.

La religion

La religion occupe une place prépondérante dans *Les Misérables*. Elle est, en effet, à l'origine du processus de rédemption de Valjean qui s'impose comme un personnage christique par la bonté dont il fait preuve et les sacrifices qu'il endure. Elle constitue également la base de l'évêque de Digne que Victor Hugo élève à l'état de saint bien que le personnage adopte une attitude à contre-courant des mœurs dogmatiques de l'époque.

Mais plus qu'un élément décliné à foison dans l'intrigue (mentionnons les digressions de l'auteur sur la Convention ou sur la philosophie des couvents de l'époque), la religion, et plus particulièrement Dieu, constituent une thématique omniprésente dans la plupart des descriptions. C'est aussi un prétexte à toute une série de métaphores : citons par exemple le contenu de la lettre d'amour de Marius à Cosette où l'on retrouve un bon échantillon des phrases « divines » qui pullulent dans le roman.

À ces thèmes, il ne faut pas oublier de rajouter celui de la misère, largement développé dans la section consacrée aux personnages.

UN ROMAN À PLUSIEURS VEINES ?

Le côté réaliste

Outre la référence à une réalité historique que nous avons déjà mentionnée auparavant, *Les Misérables* est un texte imprégné d'une volonté de réalisme notamment dans la description des lieux (évoquons l'Éléphant de la Bastille où dort Gavroche et qui a réellement existé) et des évènements (pensons aux scènes de barricade). En effet, Victor Hugo s'est beaucoup documenté afin de dresser le décor et les actions de la manière la plus crédible possible : c'est ainsi que l'auteur est aussi bien capable de parler de la fabrication artisanale des balles de fusil que des techniques d'évasion les plus couramment utilisées en prison ou encore de disserter sur la manière de dresser une barricade.

L'esquisse de Paris tout au long de l'intrigue témoigne de son souci du détail : bien qu'exilé à cause de sa contestation du régime dictatorial de Louis-Napoléon Bonaparte, Hugo envoyait régulièrement des émissaires dans la capitale française afin qu'on lui rende compte des moindres changements géographiques qui s'y déroulaient, ne pouvant les constater lui-même.

Le côté politique

En plaçant son intrigue dans des années très troublées d'un point de vue politique, Victor Hugo n'a pas d'autre choix que de s'arrêter sur ces dernières et de les expliciter. On assiste à de longues descriptions des différents régimes mis en place (le bonapartisme, la royauté) et de leurs conséquences sur le peuple. L'auteur évoque également d'autres idéologies plus prometteuses (la République). Quel est l'avis d'Hugo sur la question ?

S'il vénère Napoléon Bonaparte et éprouve énormément d'affection pour Louis-Philippe, l'auteur est néanmoins un républicain convaincu car il estime que c'est le régime le mieux adapté pour le peuple qu'il tente de défendre dans son œuvre. Cette opinion explique en grande partie la dimension héroïque qu'il confère aux défenseurs de la barricade qui, même s'ils seront défaits, constituent les prémices de la réussite de 1848.

Le côté social

Le roman présente comme un véritable plaidoyer en faveur de celles et ceux qui sont jetés dans la pauvreté et la misère par la société (« Tant que [...] l'asphyxie sociale sera possible, [...] des livres de la nature de celui-ci ne seront pas inutiles », *Fantine*, p. 27). Ainsi, à travers l'indigence des protagonistes principaux, Victor Hugo visite plusieurs classes sociales ou personnages que la société exclut ou détruit : le monde de la prison et l'impossibilité de vraiment se réinsérer avec Jean Valjean, le travail exténuant des enfants avec Cosette, le refus d'appartenir à la société et les divergences politiques avec Marius, le crime avec Thénardier ou encore l'univers parallèle des gamins de la ville via Gavroche.

Le but de ces différents portraits est de montrer tous les problèmes auxquels sont confrontés ces différents personnages, problèmes crées et entretenus par la société.

PISTES DE RÉFLEXION

QUELQUES QUESTIONS POUR APPROFONDIR SA RÉFLEXION…

- Quels sont les traits romantiques que l'on peut retrouver dans l'œuvre ?
- En quoi consiste la critique que Victor Hugo adresse à la société de son époque ?
- Le romantisme est étroitement lié à l'idée de révolution. Sous quelles formes peut-on retrouver cette notion dans le roman (tenez compte des thèmes et du contenu, mais aussi de la forme) ?
- Quel est l'effet de la misère sur les personnages ? Quel message Hugo veut-il faire passer à ce sujet ?
- *Les Misérables*, comme la grande majorité des œuvres de Hugo, est un roman profondément engagé. Décrivez les revendications politiques et sociales qui s'en dégagent.
- Quelles sont les caractéristiques du réalisme présentes dans le récit ?
- Comparez *Les Misérables* au tableau de Delacroix, *La Liberté guidant le peuple*. Que pouvez-vous en déduire sur le romantisme en peinture ?
- En quoi la langue employée par Hugo dans le roman est-elle novatrice ? Comparez-la par exemple à *La Princesse de Clèves* ou à une pièce de Racine.
- On réduit souvent le romantisme à une vision simpliste et naïve de l'amour. Qu'en est-il dans le roman ? Comment apparait-il ?

POUR ALLER PLUS LOIN

ÉDITION DE RÉFÉRENCE

- Hugo V., *Les Misérables,* Paris, Gallimard, coll. « Bibliothèque de la Pléiade », 1956.

ÉTUDES DE RÉFÉRENCE

- Brière C., *Victor Hugo et le roman architectural*, Paris, Honoré Champion, coll. « Romantisme et Modernités », 2007.
- Gaillard P., *Victor Hugo :* Les Misérables, extraits avec une bibliographie de Victor Hugo, le récit de la genèse du roman, un tableau de l'action et des personnages, des notes, des documents, des thèmes de réflexion, une revue de la critique et un dossier pédagogique, Paris, Bordas, coll. « Univers des Lettres », 1977.
- Galloy D. et Hayt F., *De 1750 à 1848*, Bruxelles, De Boeck Wesmael, coll. « Du document à l'histoire », 1993.
- Galloy D. et Hayt F., *De 1848 à 1918*, Bruxelles, De Boeck Wesmael, coll. « Du document à l'histoire », 1994.
- Guillemin H., *Hugo*, Paris, Seuil, coll. « Points Littératures », 1988.
- Juin H., « La bataille des *Misérables* », in *Victor Hugo*, Paris, Flammarion, 1984, tome II : *1844-1870*, p. 462-477.
- Vargas Llosa M., *La Tentation de l'impossible : Victor Hugo et* Les Misérables, Paris, Gallimard, coll. « Arcadès », 2008.

ADAPTATIONS

Les Misérables ont fait l'objet de multiples adaptations, que ce soit pour le théâtre, la télévision ou le cinéma avec plus au moins de succès. On retiendra notamment :

- *Les Misérables*, film de Bille August, avec Liam Neeson, Geoffrey Rush, Claire Danes, Uma Thurman et Han Matheson, 1998.
- *Les Misérables*, téléfilm de Josée Dayan, avec Gérard Depardieu, John Malkovitch, Virginie Ledoyen, Charlotte Gainsbourg et Christian Clavier, 2000.
- *Les Misérables*, film de Tom Hooper, avec Hugh Jackman, Russel Crowe, Helena Bonham Carter, Anne Hathaway et Amanda Seyfried, 2012.

SUR LEPETITLITTÉRAIRE.FR

- Fiche de lecture sur *Claude Gueux* de Victor Hugo
- Fiche de lecture sur *Hernani* de Victor Hugo
- Fiche de lecture sur *Le Dernier Jour d'un condamné* de Victor Hugo
- Fiche de lecture sur *L'Homme qui rit* de Victor Hugo
- Fiche de lecture sur *Notre-Dame de Paris* de Victor Hugo
- Fiche de lecture sur *Quatrevingt-Treize* de Victor Hugo
- Fiche de lecture sur *Ruy Blas* de Victor Hugo

www.lepetitlitteraire.fr

ISBN version imprimée : 978-2-8062-1343-3
ISBN version numérique : 978-2-8062-1850-6
Dépôt légal : D/2013/12.603/366

Gaudé
- La Mort du roi Tsongor
- Le Soleil des Scorta

Gautier
- La Morte amoureuse
- Le Capitaine Fracasse

Gavalda
- 35 kilos d'espoir

Gide
- Les Faux-Monnayeurs

Giono
- Le Grand Troupeau
- Le Hussard sur le toit

Giraudoux
- La guerre de Troie n'aura pas lieu

Golding
- Sa Majesté des Mouches

Grimbert
- Un secret

Hemingway
- Le Vieil Homme et la Mer

Hessel
- Indignez-vous !

Homère
- L'Odyssée

Hugo
- Le Dernier Jour d'un condamné
- Les Misérables
- Notre-Dame de Paris

Huxley
- Le Meilleur des mondes

Ionesco
- Rhinocéros
- La Cantatrice chauve

Jary
- Ubu roi

Jenni
- L'Art français de la guerre

Joffo
- Un sac de billes

Kafka
- La Métamorphose

Kerouac
- Sur la route

Kessel
- Le Lion

Larsson
- Millenium I. Les hommes qui n'aimaient pas les femmes

Le Clézio
- Mondo

Levi
- Si c'est un homme

Levy
- Et si c'était vrai...

Maalouf
- Léon l'Africain

Malraux
- La Condition humaine

Marivaux
- La Double Inconstance
- Le Jeu de l'amour et du hasard

Martinez
- Du domaine des murmures

Maupassant
- Boule de suif
- Le Horla
- Une vie

Mauriac
- Le Nœud de vipères

Mauriac
- Le Sagouin

Mérimée
- Tamango
- Colomba

Merle
- La mort est mon métier

Molière
- Le Misanthrope
- L'Avare
- Le Bourgeois gentilhomme

Montaigne
- Essais

Morpurgo
- Le Roi Arthur

Musset
- Lorenzaccio

Musso
- Que serais-je sans toi ?

Nothomb
- Stupeur et Tremblements

Orwell
- La Ferme des animaux
- 1984

Pagnol
- La Gloire de mon père

Pancol
- Les Yeux jaunes des crocodiles

Pascal
- Pensées

Pennac
- Au bonheur des ogres

Poe
- La Chute de la maison Usher

Proust
- Du côté de chez Swann

Queneau
- Zazie dans le métro

Quignard
- Tous les matins du monde

Rabelais
- Gargantua

Racine
- Andromaque
- Britannicus
- Phèdre

Rousseau
- Confessions

Rostand
- Cyrano de Bergerac

Rowling
- Harry Potter à l'école des sorciers

Saint-Exupéry
- Le Petit Prince
- Vol de nuit

Sartre
- Huis clos
- La Nausée
- Les Mouches

Schlink
- Le Liseur

Schmitt
- La Part de l'autre
- Oscar et la Dame rose

Sepulveda
- Le Vieux qui lisait des romans d'amour

Shakespeare
- Roméo et Juliette

Simenon
- Le Chien jaune

Steeman
- L'Assassin habite au 21

Steinbeck
- Des souris et des hommes

Stendhal
- Le Rouge et le Noir

Stevenson
- L'Île au trésor

Süskind
- Le Parfum

Tolstoï
- Anna Karénine

Tournier
- Vendredi ou la Vie sauvage

Toussaint
- Fuir

Uhlman
- L'Ami retrouvé

Verne
- Le Tour du monde en 80 jours
- Vingt mille lieues sous les mers
- Voyage au centre de la terre

Vian
- L'Écume des jours

Voltaire
- Candide

Wells
- La Guerre des mondes

Yourcenar
- Mémoires d'Hadrien

Zola
- Au bonheur des dames
- L'Assommoir
- Germinal

Zweig
- Le Joueur d'échecs

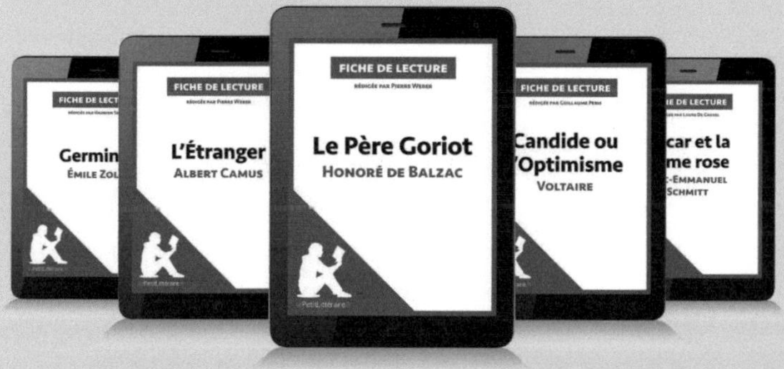